风的脚印

陈宝全

著

长江出版传媒　长江文艺出版社

献给我的父亲

我与父亲

一本致敬之书

牛庆国

这是一本阅读前，需要鞠上一躬的书，向书中的那位老人，也向书里的文字。

我要写下这篇短文时，既担心惊扰了书中的那位老人，也怕惹得这本书的作者陈宝全又一次流泪。但我还是忍不住要对宝全悄悄地说，你的老父亲并没有走远，他只是从地里走进了你的诗中。从这个意义上说，这本诗集不是宝全一个人完成的，而是他和他的父亲、他的亲人们共同完成的。

读完《风的脚印》，我想起了止庵的《惜别》一书封面上的一句话："我们面对死者，有如坐在海滩上守望退潮，没有必要急急转身而去。"宝全在"沙滩"上坐了好久。他在诗中写下了那么多思念的细节，那细节像阳光下的玻璃碎片，闪着光，却一次次把我们的情感割出血来。

是的，人生是由一个个细节构成的，对一个人的情感也是由一个个细节连缀而成的。而每一个细节都是整体中的细节，是超越细节抵达整体的细节。宝全在思念中，完成了对一个乡村父亲的描述。

当然，宝全对于他的老父亲现在所能做的，只能是写下这样一些分行的文字，除了怀念，也只有怀念了。悲伤会慢慢淡去，但记忆却会历久弥新。叙利亚诗人阿多尼斯说："诗歌作为一种初始，不是用时间来解释的；相反，时间倒可以用诗歌来解释。""诗歌没有时间，诗歌本身就是时间。" 宝全的父亲活在宝全的诗中，并因为诗歌而永远活着。

宝全在诗中写道："我们曾亲手/把你种在地里//地里便有了一粒/我们叫父亲的种子//那么久了/一茬一茬庄稼/走向成熟/重新回到家中"。这一次次回家的庄稼，不就是一次次从地里劳作之后回到家里的父亲吗？这样的庄稼，养活着我们的身体，也养活了我们的诗歌。

读宝全的这些诗，我感同身受。我与宝全有着相同的生活背景，有着几乎相同的人生经历，他诗中的每一个细节我都知道、我都熟悉。写到这里，我忍不住要抄下这样的诗句：

"那一刻，我想在他耳背/别半截秃铅笔/让他重做一回木匠/我们坐在炕头上/——像失散多年的木头/又聚在了一起"。不管是什么样的木头，作为木匠的父亲都能把他们打造成一件件的物件，其中一个被叫作诗人。

"他用旧的床单，我舍不得换/上面有他身上掉下的疼/和无助的呻吟"。这样一条记录着父亲晚年生活的旧床单，应该是宝全诗歌里的一级"文物"，想念父亲时就去看看，或者伸手摸一摸；但必须忍住眼泪。

"二哥点种玉米时/被野鸡看见了/它们趁机刨食籽粒//他不得不扎个草人儿/拿一件父亲穿旧的衣服/套在身上//远远地/看见卧床很久的父亲/站在地里/突然想提一瓦罐汤给他"。穿着父亲旧衣服的稻草人，守护过二哥的玉米地，也守护过宝全的诗歌。在我的想象中，宝全这本诗集的封面上，就应该是穿着父亲旧衣服的一个稻草人，面对着一片高大茂密的玉米林。宝全，给那个稻草人提一瓦罐汤吧，风里雨里他够辛苦了。

"雾气缭绕，鬓角斑白的喇嘛山/在夜晚徐缓趴下/又在黎明挣扎着站起来/蝴蝶颤抖翅膀/一扇搭上另一扇，像在作揖"。宝全的诗中总有独到的发现和表达，比如鬓角斑白的喇嘛山、作揖的蝴蝶，这样形象、准确、生动的诗句，没有丝毫雕琢的痕迹，完全是自然而然的流露。这是独属于宝全的。我想，宝全的诗歌之所以打动了我，除了赤子之情，还有他成熟的诗歌技艺。

说到底，文学是对过往的一种记录，是把一个时代的人们嵌入到历史之中，书写历史中的人生和人生中的历史，从而让读者在阅读中去寻找自己、发现自己、塑造自己。而文学作品最大的特征是人的情感，所有的文学作品都是情感的艺术和艺术的情感。

陈宝全的这本诗集，带着泥土的清新，带着对亲人的朴素情感，用亲人们听得懂的语言，用岁月在额头上刻下皱纹的手法，把读者带到了黄土高原腹地的深情之中。这是他向土地致敬的诗歌，向父亲致敬的诗歌，也是向人类的伟大情感致敬的诗歌。我向宝全的这些诗歌致敬。

2023 年 12 月于兰州

目　录

第一辑　一场雪退回了天空

老木匠　003

地都这么软了　004

梦中一幕　005

草人儿　006

两种声音　007

住过的房间　009

月亮照在炕上　010

梦正在引导他脱离昏暗　011

晒太阳　013

布鞋　014

裤子　015

老鸹在叫　016

临终　017

我们都没有做好离别的准备　018

一句话也没说　019

020 下雪了

021 慢一些

022 倦怠的黎明

023 殓棺

024 葬礼

025 "斩"草

026 纸糊的礼物

027 亲爱的鬼

028 约等于

029 苹果

030 找你

031 新家

032 地界

034 一场雪退回了天空

035 黑马甲

036 像极了蝌蚪

037 白瓷碗

038 和从前不一样了

039 捎话

040 纷飞的大雪

041 灰喜鹊

042 世上有我熟悉的一只脚印

044 一句话丢了

045 一根白发

小秘密　046

茶罐　047

灯花　048

第二辑　种在地里的父亲

春风已经来过　051

母亲的意思　052

情意　053

我们请求过大地　054

相见　055

春分　056

并未发芽　057

捉迷藏　058

道别　059

惊蛰　060

一年之后　061

荒园　062

死亡　063

父亲用西瓜招待我们　064

墓地　065

去看你　066

他从地里伸出了手掌　067

鸟窝　068

069　风把叶子吹散了

070　看天

071　门框中的人影

073　她总是对着夜空挥手

074　那个夜晚

075　带上父亲出门

076　庄稼的喜悦

077　甜醋

078　种在地里的父亲

080　去果园

081　碰见李婶

082　夜色的部分

083　雨后

084　木柴堆

086　那一天

087　栅栏

089　说起那边

091　砌墙

092　石头镜

093　老椅子

094　时间

095　傍晚

096　我们试图不让你走

101　除夕夜

雪地一瞥　103

新的一年　104

第三辑　像星辰落满夜空

这里什么都有　107

他也许在哭　108

梦游　109

冥冥之中　110

风吹来好闻的味道　111

啄木鸟　112

纸钱　113

藏在身体里的父亲　114

鸽子　115

爸爸回来了　116

变形记　117

曾经的牧羊人　118

奇怪的云　119

夏天的正午　120

甲虫与蚂蚁　121

抢不到座位的星　122

大雾　123

没什么不好　124

蒲公英　125

126　居无定所

127　窸窣的声响

128　像星辰落满夜空

130　逃回人间的泪水

131　一张照片

132　这里曾是星辰的寓所

133　雨在下

134　我们周围的秘密

135　病先生寻诊记

137　琴声悠扬

138　虫子

139　蚯蚓

140　担心

141　散落的目光

142　晚祷

143　家的感觉

146　夜社火

148　风背着他飞

第四辑　阳光照在风的脸上

151　故情

152　又到乡间

153　风催得那么急

草毯子　154

失去父亲的人　155

他们　156

多出一个黎明　157

一句安慰的话　158

你也曾经年轻过　159

在父亲身边　161

蛐蛐的叫声　162

草的恩情　163

月光　164

草丛里的父亲　165

野花　166

以为你还活着　167

阳光的重量　168

端午　169

林间小道　170

云哭了　171

雨夜　172

奇迹　173

数数　174

松树　175

鸟儿穿过他的身体　176

瓜房　178

枯井上的小屋　179

180 阳光里

181 告父亲书

182 谈话

183 迷魂阵

184 一棵草向我点头

185 像月光藏起了色彩

186 屋檐下

188 阳光照在风的脸上

189 旱芦苇

190 善良的小偷

191 如果一片雪活得足够久

192 发芽了吗

193 归仓

194 风的脚印

195 最后的告别

196 天籁

197 后记：我在等待梦的降临

第一辑

一场雪退回了天空

老木匠

卧床二十多天
父亲突然坐起来
那一刻，我想在他耳背
别半截秃铅笔
让他重做一回木匠
我们坐在炕头上
——像失散多年的木头
又聚在了一起

地都这么软了

天气越来越暖和
我听见虫子
风和阳光走路的沙沙声

但我没听到你的脚步声
你已三个半月没有下炕
我想告诉你：地都这么软了
下来走走吧

我在门外等了好久
还要等多久
才能听到你拖沓的脚步声

这个春天我什么都不想干
只想陪着你，多走几步
走多远都不算远

梦中一幕

夜里，梦见父亲
身边便多了个说话的人

他要练习走路
我们面对面抱着
我退一步，他进一步
直到他走不动了
我们脸贴着脸，站在梦里
像多年前的某一天

突然惊醒，天还没亮
父亲也不在身边
我哭了
像多年前的某一天

草人儿

二哥点种玉米时
被野鸡看见了
它们趁机刨食籽粒

他不得不扎个草人儿
拿一件父亲穿旧的衣服
套在身上

远远地
看见卧床很久的父亲
站在地里
突然想提一瓦罐汤给他

两种声音

钟表嘀嘀嗒嗒
单调而有力
这是房间里的
一种声音
父亲在痛苦中呻唤
夹杂着说词，甚至哼唱
这是房间里的
另一种声音

一种声音
和另一种声音
像两只
扣在一起的手
有那么一刻
我被这两只手攥住了
无法呼吸

后来，父亲睡着了
只剩下钟表的嘀嗒声

这是房间里
唯一的声音
哦不
他平静的呼吸声
是另一种

住过的房间

他用旧的床单，我舍不得换
上面有他身上掉下的疼
和无助的呻吟

他抽的旱烟，被风吹散了
犯了烟瘾的几只虫子
飞得磕磕绊绊
墙上的那幅油画
还挂在原来的位置
画上，他和母亲肩靠肩
但看不出是坐着还是站着

那时，他比现在年轻十岁
如今他生病了，住在乡下
我躺在他睡过的床上
如他般小憩

月亮照在炕上

月亮照在炕上
照着父亲和母亲的脸庞
都挺好看

我有个愿望
穿上月光做的衣裳
睡在他们中间

一片月光躺在我身上
一觉睡到天亮

梦正在引导他脱离昏暗

暮色降临，世上的光亮无处可去
让被照过的事物
带着它们一个个钻进人的梦里

只有星星的光亮无处躲藏
像泪花在天空闪烁
大概，月亮在哭
在自己的梦里，独自伤心

父亲年届八十，大部分时间
在睡觉。梦里的任何事物
不会因为沉重而留下痕迹

一群蚂蚁路过父亲的枕头
我担心它们把他的梦
像搬虫子一样搬走
于时，我赶走了它们

虽然梦不会因为苍老

而失去光泽

但那一刻，我还是想把我年轻的梦

借给父亲

——月亮的梦过于遥远和悲伤

晒太阳

天气好的时候
我会在院子里晒太阳
把父亲年轻时做的凳子
搬出来，擦掉灰尘

他病好了
会出来和我坐坐
说说话，背过母亲抽烟
偷偷地咳嗽

——像从前一样
在一束阳光中
看见欢乐的源头

布　鞋

他，不再出门
走在任何一条路上
那是，因为他
走到了路的另一头

他看见走过的路
翻卷回来
绳子一样捆住他的双脚

灰布鞋，像两片萎蔫的树叶
从枯枝杈落下来
之后，又独自漂泊去了

裤　子

父亲的裤子

挂在铁丝上

已经晒干

如果风肯过来帮忙

他会跳下来

像年轻的时候那样走掉

那时我会追出去

喊他——快回来

老鸹在叫

它刚参加完别的葬礼
便迫不及待
飞抵我家附近的槐树

连叫三个晚上
我听见了，母亲听见了
父亲也听见了
但我和母亲假装在熟睡
唯独父亲咳嗽了一声

如果他也假装在睡觉
老鸹将死于自己难听的叫声
事实是，它先于任何人
出席了父亲的葬礼

临　终

你生命的最后，我不在身边
母亲说，那天早上
你不断用手掌击打胸口
把身体里的疼打得无法喘息
最后，你把自己
打得比石头还坚硬
母亲还说，这是她一生中
见过的最冰冷的石头
她希望有一块更大更硬的石头
堵住大门

我们都没有做好离别的准备

因为没见他最后一面
我不承认他真的已经离去
我手里还提着
要给他的几服草药
他可能也有要给我的东西
但是我们都没有办法
把手上的东西交给对方
连哭也是我一个人的事
他压根不会知道

一句话也没说

我们以为，父亲临终
会说些什么
遗言式地交代几句
但他一句话也没有说
为此，我们耿耿于怀

弥留之际，他料定
说出去的话将无力收回
他不想留一句话
在世上，孤苦伶仃

他知道，没有一个人
会像他一样
照顾好他的每一句话
即便是身边最亲近的人

下雪了

那一天
你离开了我们
有雪花从天上落下来

院子里站着一庄子的人
可雪只落在
我们几个人身上

我们披着人世间的
一场大雪
在人群里，那么显眼

慢一些

人们用荞面做成泥棒

在父亲的肚脐处

盘成一个圆形的圈

垫张黄表纸，倒上白酒

好让他的身体快速凉下来

我却趁他们不注意

偷偷握住父亲的手

——他活着的时候

我们却没有这样握过手

——好让他

凉得慢一些，再慢一些

倦怠的黎明

他换上了老衣
躺在冰冷的地板上
褪下的衣服
摸上去还是温热的
杯中的水还是温热的
他刚刚啜呷过一小口
当我闭起眼睛
倦怠的黎明的光线
也是温热的
和每个清晨一样
准时从窗口照进来
因为找不到他
直接落在了被褥上

殓　棺

众目之下，大哥抡起斧头
砸在棺盖的木楔上。接着是二哥
绕寿棺一圈，逐个敲打
最后是我，敲得有点轻
母亲生气了，让我使出吃奶的劲儿

这个过程，相当于我们弟兄三人
合力为父亲建造了一座房子
我们都忍着，不让眼泪流下来
打湿父亲的屋顶

敲完后，我们背过身去
猛地哭出声来
人们不让眼泪流向他的屋顶
我们就让它们，哗哗地流在胸膛上

葬 礼

他们抬着父亲

要把他送往墓地

他将在那里永久安息

凌晨四点

我们穿着白布孝衫

像是专用月光裁制而成

不知月亮去哪儿了

星星还在天上

没心没肺地眨眼

风吹一吹它们就更亮了

像在喧哗

人们也在行进中大声说话

渐渐脱离了队伍

我们是父亲的亲骨肉

紧紧跟着灵柩

像一片月光跟随其后

这是最后一次

我们离父亲那么近

"斩"草

我们跪在这里

乞求你们能谅解

——亲爱的草

求你们挪一挪

让我们的父亲躺进去

做你们的好邻居吧

大旱之年

你们也活得异常艰难

但请相信

因为他的善良

你们将获得格外多的雨水

纸糊的礼物

送你纸糊的白马，忘了配上鞍
送你纸糊的鸡，忘了撒把粮食
送你纸糊的车，忘了加油
送你纸糊的火炉，忘了柴火

我们给你送了这么多东西
还觉得不够多
下次，我们还要送你
纸糊的浑圆落日
纸糊的皎洁月亮和满天星辰
纸糊的蓝天、纸糊的白云
纸糊的绿草地、纸糊的鸟群
和它们的啼叫声

哦，还有纸糊的风
如果它们对你有用，这个冬天
我们送你纸糊的雪花
等春天来了，送你纸糊的花朵
夏天送你纸糊的盛大树荫
秋天若有好收成，送你纸糊的果实

亲爱的鬼

那时候，我那么小
你给我讲鬼故事
吓得我不敢走夜路
按你的说法
现在，你该变成鬼了

可我不再害怕，黑夜到来
把门打开一条缝
沏杯茶，备好旱烟末
坐在沙发上
等亲爱的鬼回家

约等于

焚香、烧纸、奠酒
约等于敬烟、端茶、递水
擦拭相框
约等于给你洗脸净手

我们爱那个活着的父亲
也爱着死去的父亲

苹　果

盘子里放着几个苹果

像父亲最后的几句叮咛

其中一个

因为被他的手抚摸过

腐烂得特别快

浓浓的汁液

都淌到盘子里了

找　你

想你想得不行
我就去院子里找
找到了那么多的你

可你坐过的地方我不能坐
蹲过的地方我不能蹲
靠过的地方我不能靠

我从它们身边经过
但我不敢碰
怕它们扇动着翅膀飞走了

新　家

母亲和二哥

住着村子以北的老院

父亲搬进了

村南的一片果园

头枕喇嘛故堆

脚朝老院

好像一伸腿

就伸进了我妈煨的热炕

西侧是我大哥一家

只要他愿意

伸一下手

就能端上热气腾腾的面条

地　界

我们不打算这么做

——把你的坟园

用砖块圈起来

我们不想和你划清地界

就让我们地里的草

蔓生到你的院子里去

我们也不打算

在你的坟头立块石碑

"石碑一旦立起

生与死，就有了互不侵犯的国界"

我们用土堆和草丛做标记

足够醒目，还有旱芦花

正一步一步走近你

一场雪退回了天空

月亮倒退着升起
他倒退着
从泥土里站起来
倒退着回家

母亲煮好面条
我们早早站在门口
喊爸爸
——只有我们的喊叫声
能让他回头

月亮继续倒退
一场劈头盖脸的雪
纷纷掉头
飘向天空深处

黑马甲

那件黑马甲
父亲生前穿过两次
或者三次
但它看上去还跟新的一样

母亲让我穿着
她说——
你越来越像你的父亲了
说完，还背过身默默流泪

为了不让她难过
穿那件黑马甲的时候
我就提醒自己
一举一动，包括神情
都不能太像我的父亲

像极了蝌蚪

这些日子
母亲的两只眼睛
变成了水汪汪的涝坝

你在里面抽烟，喝茶
做木活，赶驴耕地
跟活着的时候一模一样

有时，看你像只蝌蚪
苦苦挣扎，却游不上岸
就忍不住想帮你一把

白瓷碗

父亲生前用的白瓷碗
像一只月亮
静置在桌柜上
那么白那么亮

我的母亲
长久地坐在清透的月光边
不像以前那么爱出门了

她用它吃饭用它喝茶
吃了用它盛过的食物
白花花的月光
从她的头上流出来了

和从前不一样了

大黄是条老狗
我让大黄看手机上
父亲的视频
大黄凝眸注视
看见父亲在走路
还听见他说话的声音
它不停地嗅
却嗅不到父亲的气味
便不停地围着我打转
好像我和从前
也不一样了

捎　话

吾舒尔·古丽
顺利生下一个小千金
这是我们家的一件大喜事

我想把这件事告诉父亲
让他高兴高兴
但我不知道
有什么好办法能让他知道

不久前，村里有个老人
穿好寿衣，要去那边
我想让她捎句话给父亲

可我不知道如何向她开口
只好去她家门口
默默念叨了几遍这件事
听说，她临终前老犯迷糊
我真担心她把要捎的话丢了

纷飞的大雪

父亲，那一场雪里
你还活着
我们走在路上
你离我们那么近

父亲，又下雪了
我爱这静谧的村庄
也爱这纷飞的大雪
仿佛你在其中

父亲，你看见了吗
我就这么走啊走
走到最后
也变成一片雪花

灰喜鹊

苹果树上，两只灰喜鹊
戴着崭新的黑暖帽

坟堆上撒满水果
酒水、茶叶、面包屑
它们愉快地
在地面和枝间跳跃

它们和我们一样
喜欢这片果园
也喜欢被我们反复祝福过的土地

世上有我熟悉的一只脚印

生命的最后一程
你不是用脚走完的
而是淡淡的目光
最先踏进了茫茫黑暗

感谢冬天，把你的一只脚印
完整地冻结在世上
仿佛亲爱的你，还在身旁
我想起那天，你去后院的茅房
一只脚踩进松软的泥土里
才留下这只脚印

另一只被风吹跑了
我无法带这一只到阳光里
也无法领它回屋，担心跑了
我找来一只脸盆罩住
还压了一块石头

可恶的风，并不想放过它

呼啸而来，粗鲁地敲打脸盆

想把它掳走

一句话丢了

母亲以不容置疑的口气说

——你爸回来过

可是我们都不信

以前她说的无非是

——房门突然打开

脸盆架发出奇怪的响声

院子里传来我爸喊她的声音

——可是这次她说

那天夜里,她说给自己的

一句话丢了

（她说的话是给自己听的）

等到天亮都没有回来

她确信那句话只有我爸能听懂

那句话只对他有用

一根白发

父亲，过年啦
村子里不时传来爆竹
和孩子欢笑的声音

我和母亲坐在炕上
棉被上有一根白头发
我不确定它是你的
还是我的
母亲朝我头上看了一眼
又朝照片上的你
看了一眼

她什么也没有说
这期间，又有一阵爆竹
和孩子的笑声传来

小秘密

父亲，心怡踩着积雪
独自去果园，看你

她跪在你的坟前
磕头，抽泣
诉说内心的小秘密
却不再哭闹

我看见，那双小脚
踩过的雪，快速融化
在白雪覆盖的果园
那么显眼

它们，像大滴大滴的泪水
从你眯着的眼里
夺眶而出
紧紧地跟在她的身后

茶 罐

它就在那里——
一只黝黑的茶罐
上面落了一层灰尘
我记得父亲因找不到它
而着急上火
现在，我发现它了
"哦，它在那里。"
但他不在我的身边
我不知道
把这句话说给谁

灯　花

父亲，去年这个时候
桌上还有一盏
属于你的蛇相荞面灯盏
那么微弱，气若游丝

我偷偷给它添了清油
在死亡边缘挣扎的灯花
才得以重返灯头
看着它不知疲倦地燃烧
仿佛你身体里的暗疾
不治自愈

对不起，父亲
我们用尽了各种土办法
还是没能治好你的病
——看，我们的灯花
开了一朵又一朵

第二辑

种在地里的父亲

春风已经来过

我来时，春风已经来过

可父亲坟头的雪

还没有融化

太阳，麻烦转过身来

再照他一会儿

他离开人世不够久

你看，附近觅食的鸟雀

跳来跳去

还没有归巢

母亲的意思

草色掩埋的路，我们一起
走过了。我们还可以
往前再走一点儿
让我陪在你的身边
你却丢下我
不动声色地躲进草丛
我不害怕，也不孤单
想到总有一天，我们还会见面
就不那么心灰意冷了

情　意

你把咱们家的地
顶了一个土包

太阳照到哪里
哪里的雪就融化了
只有大土包
还披着一层雪

仿佛太阳有意绕开
它怕耀眼的光芒刺痛你
向外张望的眼睛

我们请求过大地

从地里长出的一切

因为汲取了大地的血液

而葱茏健壮

我们把你交给大地

祈求它能保佑你

可那依然隆起的土堆

有如你生前肿胀的肚皮

我知道

你身体里的病痛

还未剔除

我们给大地磕了那么多头

都不管用

相　见

狗金和你一起长大
一起耕种和收获
过着差不多的生活

但你没有陪他到最后
他仍走在布满裂缝
泥巴和烟屁股的路上
他来看你
一根接一根
抽你没有抽完的旱烟

你在桌案上笑
是笑他像一团荒草
哆哆嗦嗦地活在世上吗

春　分

春分，我们在你的身边
栽下六棵翠柏
把春天分你一半儿

我们燃起火堆
摆上面包、茶水和酒
把人间烟火分你一半儿

可是，我们没有
多余的鸟鸣分给你
因为我们不如从前快乐

仿佛所有的鸟儿
停止了歌唱

并未发芽

阴郁的冬天过后
又一个春天，蹒跚而来
植物又在发芽，不知道
我们埋进土里的
一粒叫父亲的种子
在干什么，没有一点动静
我们打算不再为难它
或许它变成了别的
我们不认识的什么事物
但愿它不会变成一只
胆小的虫子
见了我们就抱头装死

捉迷藏

祖父、祖母、父亲
躲在三个不同的地方
好像在玩捉迷藏的游戏
但为了让其中
一个，或两个尽快找到
他们藏得并不隐秘
而是都从荒草中
探出了头，若是再高一点
他们就彼此看见了

道　别

我和门前一棵草道别
告诉它
村庄里没有一只羊
一头驴、一匹马

可以放心长
蹲着长，站着长
长我的父亲那么高
长到出人头地
长出皱纹和白发

惊 蛰

脚有脚的路
翅膀有翅膀的路

蚂蚁知道蚂蚁的路
蜘蛛知道蜘蛛的路
臭虫知道臭虫的路
千足虫知道千足虫的路
……

世上还有一条路
是留给蛇的

愿每一只虫子
喜笑颜开，信步走来
愿它们和地里的父亲一样
有一双不知疲倦的手

一年之后

我没想到父亲
会变成一个懒惰的人

帽子戴了一年，不换
裤子穿了一年，不洗
鞋子穿了一年，不脱

这一年，他呼呼大睡
野草趁机爬上他的身体
虫子们坐满他的客厅
他也不闻不管

他还在做梦
梦见他拉着我的手
走在阳光里
绿色的头发都披到肩膀上了

荒　园

我的心上有片荒园
这些年，搬来的人越来越多
他们互为亲人
却从不相互走动

我也有孤独和悲伤的时候
他们却从不为我担心

我看见，父亲还是个新人
有着对尘世的念想
他坐在地埂发呆、抽烟

抽着抽着，就揩起了眼泪
——那时，天刚下过雨
雾霭四沉，弥漫在荒园中

死 亡

放着耀眼光芒的黄色杏子
仿佛还是去年的
我知道:"死神的手指
挡住了你说话的嘴巴"
我也想不起说什么
我们不摘也不吃
站在杏树下,就这么仰起头
我们都看见一根枝条死了
但它没有把死亡告诉树

父亲用西瓜招待我们

我们都以为

他再也不用干活了

但事实并非如此

不知什么时候

他在坟前的空地上

种下一苗瓜秧

不多不少结出四个西瓜

正好可以用来招待

四个儿女

但是我们谁都不想

摘走其中的一个

只要瓜还长在蔓上

他就有可能从草丛里钻出来

挨个儿摸一遍我们的头

也许就在今晚

墓　地

雾气缭绕，鬓角斑白的喇嘛山

在夜晚徐缓趴下

又在黎明挣扎着站起来

蝴蝶颤抖翅膀

一扇搭上另一扇，像在作揖

苹果树的一根枝条

伸过来，握住梨树的一根

还使劲地摇了摇

松鼠蹲在土圪垯上

前爪抱在胸前，望向远方

太阳出来了，雾气散尽

一群蜜蜂飞进墓地

那里有一片附地菜正在开花

去看你

自从把你埋到
柳树坪的果园里
我经常穿过整个村庄
去那里，看苹果花
看熟透的苹果

也去看你
草长得那么茂盛
但我从不带镰

他从地里伸出了手掌

果树上，鸟雀蹦蹦趵趵

像跳跃在干瘦的指间

父亲就躺在那里

这些树，像他伸出的手掌

春天，它们戴上绿手套

我并没有看到它们劳作

但只过了一个夏天

和半个秋天，手套磨损

褪色，布满大大小小的洞

又脏又破。现在是冬天

它们干脆扔掉旧手套

露出瓦褐色的肌肤

好让鸟雀轻盈飞踒

好让指关节，接受冬日暖阳

仁慈的厚赠

鸟　窝

树桩长满新生的抽条

我拿着斧子准备砍掉它们

当我弓下身子

看见一个鸟窝端坐其间

阳光从鸟窝抬起了头

鸟儿外出觅食还没有回来

它们并不害怕阴森森的坟冢

多少个晨昏

它们把美妙的歌声

献给了我的父亲

我留下鸟窝

和好心的树桩、抽枝

当我抬头

看见两只老黄鹂鸰

带着三只

或者四只小黄鹂鸰

啁啾着从天空飞回来了

风把叶子吹散了

八月十五
月亮很圆很亮
有没有月光
对他来说一点也不重要

荒草萋萋
也无所谓了
没有荒草的坟墓
才显荒凉

我已不再悲伤
只是偶尔感到难过
比如看见风
把树上的叶子全吹散了

看 天

现在的我喜欢雨
也喜欢雪
因为它们都是从天上
落下来的

浸在微雨中
或迎着飞雪走路
时常会让我
想起上面的亲人

走着走着
心里就特别难过
难过的时候
就抬起头往天上看
看有没有亲人的眼泪
从天上掉下来

门框中的人影

这扇大门，我曾那么熟悉
红砖镶边，门板上油漆脱落
它迎来山间黎明，也被
黄昏的赤焰点燃

我曾无数次离开或回到这里
当我行进在它对面弯曲的山路上
只要扭头，就能看见父亲
和母亲站在那里
像一幅镶边的油画

这一幅油画，我曾那么熟悉
有时他们正在出门
有时已经站在那里很久了
父亲的个头比母亲高出很多
差不多能够到门框的最顶端

春天去了，夏天来了
秋天去了，冬天来了

冬天还没走，父亲却再没出现过
除了我们，没有谁记得他
到底去了哪里。门框中只剩
母亲一个人的影子，我看见她

无数次被黄昏的赤焰点燃
她站在那里，向我招手
她的手高过了门框的最顶端

她总是对着夜空挥手

她说爷爷在天上
数星星，她在地上数

她一直在等
还在等，等爷爷
摘一颗星星抛给她

因为没有足够长的梯子
从地上搭到天上
不然她要去找爷爷的麻烦

该睡觉了
她总是对着夜空挥手
噘着嘴说——晚安

那个夜晚

你使了多大的劲

要让灰条菜

长成可怕的树

长成不朽之木吗

它们挡住月光

也挡住了我们的眼睛

为什么不长点别的

比如芦花，白茫茫一片

像随风飘荡的月光

多么好看

带上父亲出门

那年去云南

第一次喝椰子水

就觉得好喝

回来时给父亲

抱了一颗椰子果

之后的好多年

每次出门

我都会给他

带稀罕的吃食

现在他已不在人世

却能像风一样跟着我

今天在灵台

第一次吃羊肉糊饽

也觉得好吃

为了让他吃一口

我连一滴辣椒油都没放

庄稼的喜悦

庄稼出没的地方
总有父亲
父亲出没的地方
总有庄稼

原来，他站在地里
像一株庄稼
招来一拨又一拨麻雀
现在，一株庄稼
像他站在地里
召唤我，走近他

当我俯身低下头
看见他，忽然晃动身体
几乎难以抑制
内心的喜悦

甜醅

阒然无声的麦田里
霞光游走
突然听到一声鸟叫
像急切地念叨着粮食

想起父亲病中
想吃一碗甜醅
——小麦的那种
喝一口甜醅水也行

可那时候我们都很忙
我们都以为
不用这么着急
也许他只是念叨念叨

鸟儿又叫了一声
像是又念叨了一遍
麦芒刺了一下我的腿
像在责备

种在地里的父亲

我们曾亲手
把你种在地里
地里便有了一粒
我们叫父亲的种子

那么久了
一茬一茬庄稼
走向成熟
重新回到家中

可是我们不知道
多少茬之后
才轮到你发芽
轮到你欢喜地回家

去果园

我走进果园
树枝上的一只灰喜鹊
叫了一声
它已经厌倦了做一只鸟儿

也一定以为我
是一只灰头土脸的斑鸠
才敢这么肆无忌惮地
又啄了一口苹果

因为果园里住着父亲
我不打算赶走它
只要它仍然在果园里
卖力歌唱

碰见李婶

李婶说，你父亲生前
是个热闹人，死后也不闲着
她说，埋你父亲的果园
鸟雀成群，像过节一样热闹
鸡呀，狗呀也爱往果园跑
惹得你哥很生气
李婶还说，村里几个老汉
常去果园，在苹果树下聊天
李婶拿着一把钝剪
想找个会磨剪子的人
她说，你父亲在就好了
说着，她的目光越过我的头顶
投向父亲的果园

夜色的部分

阳光离开我的身体
即将来到你的面前
晒干你湿漉漉的衣衫

可它拿你没办法了
你的头发已白到无法再白
眼睛不再流泪
额头也不再流汗

这时，夜如灰色潮水
向我涌来。你我之间
落下一座山的阴影

一只鸟儿飞离了
我还在等，你那边的风
轻拂我的面颊

雨　后

接连下了好几场秋雨

空气中饱含水汽

他从乡下来，仍有雨滴落下

我向他打听，雨水

有没有冲毁我父亲的坟园

——他活着的时候

我从不会为这种事发愁

都是他冒雨改院子里的水路

——但很快，我发现

我问了一件与他无关的事

木柴堆

那个冬天的黎明
我经常被一阵砍柴声吵醒
当我走出院子，看见
在旧草垛旁的空地上
父亲弓着腰，或蹲坐在地
屁股压住脚后跟，抡起斧头
将枯死的苹果树干劈开

空气里弥漫着甜丝丝的木屑味
他已经很老了，身患多种疾病
却在为我们可能遭遇的寒冬
不停地工作
不久，木块堆成了山
尺把长的枝条码成了一堵墙

他劈了那么多木柴
却睡在冰冷潮湿的地窖里
当我用这些木柴燃起火炉
躺在炕上，我还能听见

木柴被劈开的声音

以及这种声音里夹杂的咳嗽声

那一天

我们有一年没再见面
想说说话
可是地面已冻
你的耳孔也结了冰

那一天很冷
我不得不点起火堆
树枝噼里啪啦
加入我们的交谈

那扇冰封的门
徐徐打开
一句句话举着火把
破土而出

栅 栏

我习惯了
无数道你的影子
围起栅栏
在我的脑子里

我看见你
被困在栅栏中央
变得越来越薄
越来越轻

夜深人静的时候
我会摊开手掌
把一缕攥出汗的阳光
递给你
你还在喋喋不休

我们已无法逃脱
因为我们谁都不知道
门在哪里

可我的身体

总有微弱的光和声音

泄露出来

说起那边

说起那边，我和我的母亲
都觉得：它是一个
和我们的村庄差不多的地方
当然没有任何一个去过那边的人
回来告诉我们

——那里有成片的房屋
看上去比我们的漂亮
院子里鲜花光彩夺目
后院牛羊成群
青草长在头顶，天空是绿的
太阳会用将近一半的时间
照耀他们。谁和谁好
就会坐在一起晒太阳、聊天
说任何话都像在唱歌
笑声可以像粮食一样积攒
也可以论斤兜售
为此，他们每个人喜气洋洋

当然，他们并不是没有悲伤

地里也长着庄稼

如果不用眼泪浇灌

它们同样会因干渴而枯萎

我猜想：这些眼泪

多半出自对我们的念想

但我不打算给母亲这样说

砌　墙

我站在这边，你站在那边
我们一边说话一边砌墙
你干得又好又快
但这并没有什么可炫耀的
没想到，那么快

墙体高过我们的头顶
我再也看不见你了，你也是
我在墙这边，你在墙那边
我们谁都无法翻过这堵高墙

我在这边栽下树苗
等它们长高了做一把梯子
好翻过去见你
不知道你在那边干什么
听不到一点动静，像睡着了

石头镜

这副石头镜，以前
是父亲的，他戴着它
在黑夜的尽头
也就是，拂晓时分
迎接死亡的到来

现在，作为遗物
它是我的。我们都
喜欢柔和温润的

东西。因为戴得太久
以至于后来
我们都不相信
世上还有刺眼的光

老椅子

它看起来是把椅子
但没有真正的椅子高大
父亲初学木匠时做的
他不曾想到，最后
死亡会坐在它上面
对，死亡花了很长时间
坐在它上面等他
椅子痛苦地呻吟着
仿佛死亡
也有沉重的肉身

时 间

这是一间父亲生活过的屋子
空气中挤满他用过的时间
他把这么多二手时间留给了我
我不得不，抽身离开
我的时间之躯，一会儿
或者更久一些
我任自己的时间，呆立一旁
看着我，在父亲留下的
时间里徘徊、挣扎

傍　晚

风吹过，树摇晃起来
落日欲寻枝栖身
树担心自己变成一把薪柴
摇得更加猛烈
它就是这样，被一棵树
摇下去了，像一片叶子
坠落。红嘴山鸦
发出惊讶的尖叫声
而在之前，它飞上树
啄食浆果一样啄它
血红的汁液，还粘在嘴上
它一定用力踩过
脚爪红得像在流血

我们试图不让你走

——写在父亲周年祭

1

我们要在周年忌日前一天
请你回到我们中间
回到我们共同生活过的家

我一遍又一遍抬头
天空一直是空的
我希望有一只鸟儿
能飞一下
哪怕只是嗖地一闪
消失不见的影子

2

落日缓缓没入山脊
但天还没有完全暗下来

我们走出大门
朝你要来的方向跪倒
焚香、奠酒、不停地眺望

进门时每个人停顿了一下
礼貌地让你先进
我们紧跟其后
坐在沙发上的母亲看见我们
进了院子，急忙站起来
向前迎了几步

3

母亲用异样的目光看着我们
仿佛你在其中，确实
我们也感觉你坐在我们中间
而不是桌案上

我们在说话，母亲一声不吭
也许她在心里和你说话
你也始终没插一句话
我们都认为：你用一年时间
习惯了只和自己说话

母亲也是

4

第二天，我们去你的坟园
坟墓边的旱芦苇，头又白了一遍
还是去年的那种白
风吹芦花，还像去年那样吹

芦花在我们看见被风吹的
一刹那，为我们能理解它们
而感动，并集体向你的坟丘
深深地鞠了一躬

5

我们把坟丘上的灰条草拢了拢
像理了理你长了一年的头发
看上去清爽多了

我们感激这些灰条草
并把它们全部留了下来
要不是它们

我们真担心，发高烧的太阳
发现你躺在那里，它会把你
晒出病来，我们都知道你怕光

6

黄昏时分，下起了新雪
我们不断给你换上新茶
我们就这么安静地坐着
一起向窗外眺望

直到外边完全被黑夜笼罩
我们才不得不再次来到门口
捧心长跪、焚香、奠酒
烧了很多纸，拼力拖延时间
试图留下你，不让你走

7

因为跪得太久，我的膝盖
又冰又疼，后来感觉不怎么疼了
好像有人扶了我一把

夹带着火星的纸灰

盘旋在我们头顶，扑闪一下

灭了，灭得那么突然

像极了你离开我们的方式

——那么突然

除夕夜

李老太太弥留之际
说她去过一趟那边
又回来了
但是，我的父亲
没有她这么好的运气

她说那边是一个
酷似李家山的村庄
生活在那边的人
衣着打扮、走路的神态
也酷似这边

今晚，是除夕夜
想起李家老太太的话
我想在父亲常坐的地方
说几句祝福新春的话

于是，我大声说了
声音刚好落在父亲头顶

他也许会因为感动

向串门的人炫耀一番

雪地一瞥

喜鹊身着黑白相间的披风
看上去并不比
鸽子的羽绒服差
斑鸠的项链过于奢华

一只麻雀这么说时
另一只默许地点点头

阳光在乌鸦身上闪烁
它们是雪地上最黑的雪花
我担心大公鸡再跳几支舞
头上的红冠子
会像雪花一样掉下来
那将是最红最艳的一片

新年的钟声敲响之前
我听见群鸟的鸣叫
像极了人们的欢呼声

新的一年

母亲独自坐在窗前
她低头的瞬间
阳光流过她的身体
多么平静的一天
接着，树、鸟窝
枝头的喜鹊、窗花
也落在她的身上
后来，我走到窗前
弓下身子，影子
恰好落在她的后背上
新的一年了，父亲
你看见了吗
我还是那个趴在她身上
吮吸温暖的孩子

第三辑

像星辰落满夜空

这里什么都有

我们还在计算他的年龄

还在屋子里摆上

他惯用的被褥、枕头

拖鞋、背靠椅

以及小水壶、茶罐……

其中一些药片过期了

我们换成新的，假装他还需要

抹净桌子，立起他的照片

——这屋子很旧，但是什么都有

而那里是新的，却什么也没有

——我们对视着坐下

夕阳不落，他微笑着不走

直到夜幕降临

夜色迷蒙，他才悄然隐退

他也许在哭

因为干旱，果园里满是塘土
但埋着父亲的那块地
却润湿了一大片
人们都不了解其中的原因
只有我一个人知道
——它似乎只和我有关

梦 游

幽寂的夜晚，我看见父亲

从长条几后面站起来

披衣出门

他在后院以前拴驴的地方

站了一会儿

像一堆暗淡的草料

我隐约听见，他的咳嗽声

怪异的是他又回来

躺在长条几后面，消失不见了

除了我们的院子

他哪儿也不想去

而我，把他的离开

看成了一场梦游

冥冥之中

迎面走过
那棵树看了我一眼
感觉它有话要说

我们好几个人在晒太阳
为什么
旋风只围着我打转

还有一只戴胜鸟
每次飞过我家院子时
突然收起翅膀
险些掉下来

半夜总听见父亲
在村庄的某处喊我
忍不住想答应

风吹来好闻的味道

为你的离去

我们都很难过

但我的爷爷和奶奶

也许并不这样想

因为见到你高兴

坟头的草长得

比往年更加茂盛

他们还分赠好闻的草香

让风捎给我们

啄木鸟

"笃笃、笃笃"
一只啄木鸟
对着树干捣鼓
发出空洞而遥远的响声

我和母亲对视好久
好像我的父亲回来了
重新抄起家当
干起了木活

那时，母亲在缝衣
父亲在打家具
木头发出"笃笃、笃笃"的声音
我闻着木料的清香昏昏欲睡

纸　钱

他已身无分文
没有足够的钱回家
我们不但给他带来了棉衣
还有更多的纸钱

印滚是我和二哥亲手刻的
人都说这样印出的纸钱
比市场买的冥钞要真

我们都相信父亲有了钱
就能抬起头
大步流星地走回家

藏在身体里的父亲

我知道
泥土埋不住你
你早逃了

遁入我的身体
躲进我的梦里
谁都拿你没办法

我想和你见个面
于是瞌睡来了
夜晚加倍地长

可有时我怎么叫
你都不出来
躲在我找不到的地方

担心你掉下来
我总是捂紧身体
格外小心

鸽　子

一只鸽子

从玉米架上跳下来

拍了拍翅膀

像父亲拍了拍

大腿上的土

它又敛起羽翼

像父亲背着手

恍惚间

感觉父亲笑盈盈地

从玉米架前走过

爸爸回来了

风推了一下门，又推了一下
不等推第三下
妈妈就让我去开门

我打开门，外面一个人也没有
我说："只是一股风在推门。"

趁机溜进屋的风，亲热地
直往我们身上扑
妈妈说："是你爸爸回来了。"

变形记

去父亲的坟园
看见坟头长满了蒿草
其中一棵又瘦又高
那么眼熟，它看见我后
不停地晃动着身体

还有一只细腰蚂蚁
从坟包里钻出来
好像认得我，抬起头
看了我一眼，跑出很远
又折回来看了一眼

在父亲的坟园周围
三叶草、茵陈……
长头蟀、叩头虫……
它们都有着亲人般的眼神

曾经的牧羊人

父亲的少年时代
是混在羊群里度过的
现在，他把自己躺成一座山
仍然善于放牧

他把一群蚂蚁，赶羊一样
从山这边赶到山那边
——那边的草干净
阳光的刷子常在拂拭它们

也把一群野棉花
像赶羊一样，从山脚
赶到了山顶
——山顶的风干净
天空的大海常在淘洗它们

他总是嫌它们过于听话
而让自己手中的鞭子
毫无用处，最终
退化成一根温驯的肋骨

奇怪的云

那片云，瘦得皮包骨头
它从埋葬父亲的果园起身
自村庄的上空蹒跚而来

在我家门前的空地上
它瘦长的阴影罩住了我

罩住我的云，停在空中
一动不动。如果我再胖一点
它就罩不住了

夏天的正午

大地被阳光照得晃眼
原本种党参的地里
不知为什么
一下子长满了野花

我们的父亲回来啦
他换上了大红的衣服
放下锄头，边向我走
边拍打大腿
尘土，像蝴蝶一样

飞起来。他掏出一张纸币
长满苔藓，递给我
让我平时不要太节俭
然后，叹息着转过身去
风一般消失了

甲虫与蚂蚁

一只甲虫仰面朝天
躺在太阳下睡觉
一只蚂蚁
想拉它去树荫下的洞穴避暑
挣得汗流满面

我看见甲虫还在装睡
蚂蚁伸手抹了一把脸
气呼呼地走了

抢不到座位的星

听说，地上少一个人
天上会多一颗星

那晚，天上像出了什么事
我看见我家院子的上空
星星像葡萄一样结成了串
它们并没有对号入座
而是挤在一起，像在抢座位

但愿，父亲抢不到位子
从天上掉下来
院子里有只核桃木做的桶子
母亲早已盛满了水

大 雾

浓雾笼罩整个村庄
和周边的田野
一团浓得化不开的雾
扑面而来，漫过我的身体
然后消失不见了

家里只有母亲
父亲不在了。后来
传来一阵敲门声，打开门
雾蒙蒙的，什么也没有
我怅然张望
在大雾里寻找
那团浓得化不开的雾

没什么不好

当我从酣睡中醒来
父亲去了一片云上
我们说了什么
做过什么，看见了什么
我一点也想不起来
但做梦，也没什么不好
至少，让他又活了一会儿
有那么一小会儿
我确实感觉他还活着

蒲公英

母亲说，因为躺得太久

我们的父亲没有了人的重量

只会轻轻地飘

和蒲公英一样，但比蒲公英

灵性，只要他愿意

可以随时飘过村庄的任何地方

但是，家对他来说太远了

家也不再是他想象中的样子

她还说，我们的父亲

干完了所有要干的活儿

现在只剩下了睡觉

但只要我们想他，他会立马醒来

瞬间飘到我们身旁，毫无怨言

为了让他多睡一会儿

我们尽量克制，不去想他

居无定所

他曾经是个出色的木匠
现在却居无定所

一会儿钻进我的衣袋
一会儿盘腿坐进鸟窝
一会儿骑上墙头
一会儿躲进麦草垛
一会儿通过烟囱爬上屋顶

他宁愿侧卧草地
或一颗发亮的星星上
又或者随风游荡，也不愿

把房子建在我们心上
他嫌我们的心不够敞亮
还是怕阳光被遮挡在外面

窸窣的声响

他穿行在我们中间
但是我们没有谁，看见他
他一定躲在某处
看着我们干活，听我们说话
当我们追忆起从前
附近就会传来窸窣的声响
我们屏息谛听
他又静悄悄地走了
我们神秘地相互看了一眼
仿佛每个人在心里说：
"他还在我们附近，
并没有真正离开。"
我们甚至担心他突然转过身
夸张地尖叫一声
但我们不忍心冷落他
于是，又大声地
说起从前，说起他

像星辰落满夜空

有一段时间
他选择闭门不出
因为他变得越来越轻
随便一阵风
都会吹走他

后来，他不再惧怕
风的折磨
仿佛心甘情愿地
融入了空气

之后，无数个他
飘散在我们的周围
像星辰铺满夜空

逃回人间的泪水

他哭着说，他要死了
我把他抱在怀里
说了几句安慰的话
可他哭得更凶了

突然，他像个雪人
即化成水
在他快要消失殆尽时
我大声哭叫着
及时从梦中醒来

枕头上有一摊泪
我怀疑是他的
——这逃回人间的泪水
还留有余温

一张照片

这张照片，是父亲
在某一年夏天拍的
我把它揣进贴身的衣兜
整个冬天他都不会冷
我也不再说脏话
尽量保持身心愉快
我们一起出门，去早餐店
其中有几口是吃给他的
接着，我们绕过环岛路
去我工作的地方
我们受邀，出席朋友的宴请
周末，我们一大早去公园
听戏，然后经过数个十字路口
拐进南关市场，去买菜
曾经，我带上他
参加过一次重要的会议
而大多数时候，我们待在家里
我看书，他静静地陪着

这里曾是星辰的寓所

无法拒绝额头的河流

愈流愈急

无法不让它们

流进几近干涸的湖泊

湖泊间，曾有星辰的寓所

已经坍塌

我同样无法拒绝

一个老人蹲在那里

——他是我熟悉的那一个

迟迟不肯离去

我无法想象，当高处的河流

突然决堤

雨在下

此刻，他把翅膀
藏在了身后
背靠着墙，纹丝不动

之前，他总是一会儿飞出去
一会儿又飞回来
我们都告诫他
不要在下雨天飞来飞去
被雨水弄湿很难受

他像个不听话的孩子
看，他又离开墙
把翅膀背在身后
向我们走来

母亲拿着一顶草帽
但是，她无法
将它戴到他的头上

我们周围的秘密

风经过狭窄的缝隙时

偶尔会学父亲咳嗽

常来窗台啄食的那只斑鸠

我感觉它在佯装

用另一个世界的目光

打量着我们。一只蚂蚁

瘦得骨架凸显，还在挣扎着

拖运食物，一招一式是父亲

曾经用过的。杜仲树的影子

落进院子，和父亲的出奇地相似

夜深人静，不知是一只

两只，还是三只甲壳虫

贴着炕沿爬行，父亲走路

也这样滋啦滋啦地响

一只猫像父亲疼痛时呜呜地叫

我想拦住，让它回屋子里去

它却一瘸一拐地逃走了

病先生寻诊记

病先生是长着一对翅膀的山丘
它在他的身体里住了好多年
它希望他能治好它的病，可是他
并没有找到治愈它的良方
虽然他想活着

它也想活着，不断逃到体外
去林间寻求鹿的帮助
来到河边，向水里的鱼讨教
在草地上向鸟儿、虫子索求偏方
长久地蹲在庄稼地里
对着芬芳四溢的庄稼祈祷
它还向微风、细雨、晨露、晚霞
诉说自己的病情
请求它们出手救治，它们无计可施
只送上了惯用的美好祝福

它同样没有找到别的身体
收留它，它不得不回来

和他在绝望中一同死去

带着鹿、鱼、鸟、虫的美好祝福

琴声悠扬

在这无尽的黑夜
冰凉的地铺
让他无法入睡
迫使他坐了起来

不要那么静悄悄地坐着
我们请求他站起来
打开头顶的天窗

我们曾送给他
一把纸糊的二胡
他应该拿出来
像隐匿在茎叶间的虫子
那样演奏

虫　子

虫子们叫得很急
我们以为它们遇到了
什么急事
我们已经离开了果园
不得不重新回去

没有风，坟头的草在动
是谁？在下面摇
那些虫子刚从地里钻出来
好像在说："里面真闷啊！"

蚯 蚓

雨后，蚯蚓钻出地面

我不再冒失地奔跑

怕踩在它们身上

我开始敬畏和心疼

一切从地里冒出的东西

我还要赶走愚蠢的鸡

它们仿佛一下子回过神来

扇动双翅，奔向蚯蚓

它们根本不在乎

蚯蚓是不是像人一样

在泥泞中匍匐

它们更不知道——

我也无法确认，父亲

会以什么方式出现在我们面前

担　心

父亲走了，他修的房子

像被抽掉了一根椽，松松垮垮

如一个个悲伤的人

低头啜泣

缺胳膊缺腿的桌子和凳子

担心自己以后再也站不稳当

发出嘎吱嘎吱的响声

想变成家具的树

落光了叶子，其中的四片

像他的四个孩子

不管风怎么吹，也吹不走

散落的目光

我在楼下的空地上徘徊

去二环路的馒头店

对着阿阳路曾经住过的院子

久久注目，穿过西岭公园

在烽台山的戏场游荡

我经常去这些地方

去父亲生前去过的地方

每次，我都默默祈祷

看能否遇上他

丢在那里的细碎目光

晚 祷

你知道，我根本不是在看书
每个字像奄奄一息的病人
或者已经死去的人
排成长队，从我眼前经过

——队伍中有我和你的亲人

你知道，我根本不是在看书
而是迷失在白纸黑字间
当我合上书
望向窗外的那一刻

——悲伤如黑夜般涌来

家的感觉

——写在父亲二周年祭

1

大概父亲不知道，我们今天要来
也许在，也许出门去了
他不再热衷于做一个农民

庭院杂乱，野草获得生存的尊严
显然，我们的闯入令它们不安
一些草籽惊慌弹跳
另一些被冠羽抓着，飘了起来

2

果树上，鹎鸰鸟又做了一个巢
现在是两个，眼下是冬天
它们已经去了别的地方，正好
风跑累了可以在此歇息

原来的那只长尾鹊还没有回来
它去附近的坟园争抢吃食
每到冬天，它会得到比平时
多出好几倍的祭品

3

我们照例清理杂草，洒酒除尘
平整被雨水冲毁的地面
搬走废弃的砖头

我们干活时，地埂上的旱芦苇
像一群白发苍苍的老人
挨躺在一起，有一个从人群中
站起来了，他们并未察觉

4

半夜里被冻僵的风
在阳光的照耀下，筋骨活络
开始跑动起来
暖风和冷风见面，便有了旋风

我们明白其中的道理
但仍固执地认为，正是父亲
来到了我们身边

5

我们还烧纸糊的物件
烧到一套衣服
和一只鸡时，我就不想烧了

想找一根绳子，晾在上边
让冬日的暖阳照着
鸡在草丛里觅食
这才是一个家该有的样子

夜社火

进入腊月，你们那边的村庄
也该热闹起来了
社火头还是让根学接着当
他仍然值得你们信任
我给人们说起过耍夜社火的事
发现会耍的人大多去了你们那边
你们那边的人一年比一年多
耍拳有满祥爸，艄公有军红爸
满强爸打鼓，福泰打钹
（他们在世时就是最佳搭档）
具生唱小曲，让成弹三弦
你去了就有人拉胡琴了
彦彦和满林还年轻，让他们舞狮
小军、连太、转英估计还没长大
可扮船姑娘，可扭秧歌
也可骑纸马，平太没耍过社火
但他会开车，跑腿的活儿交给他
前不久，具生妈急着去见具生
你们应该见过面了，让她扎只纸灯笼

找个粗点的树根，先挂起来吧
我们的灯笼，也一盏一盏亮了
人们提着年货正从集市归来

风背着他飞

年轻时，风追着父亲跑

他跑得比兔子还快

老了之后，风搀着他

走得摇摇晃晃

现在，他像纸片一样薄

风背着他，像披着一件风衣

在我身边飞来飞去

可能想引起我的注意

总是飞着飞着，突然跑过来

拽一下我的衣服

第四辑

阳光照在风的脸上

故　情

吊唁的人散了，他还迟迟不走
坐在父亲平时喝茶的地方
熬了一罐又一罐

他也老了，和父亲一样瘦削
穿着褪色、布满灰尘的深蓝上衣
父亲也曾有过这么一件

每到父亲祭日，他总会来
坐在父亲喝茶的地方
仍为父亲摆上一个杯子
静默中，把师傅留下的茶叶
熬了一罐又一罐

又到乡间

老槐树，踮起了脚
苹果树在消融的土地上奔跑
风在路边的草尖上跃动
我能听到，虫子轻柔的呼唤

人们不会在春天睡去
那些干活的人和死去的人
像豆子一样撒在地里

正午时分，院子里静悄悄地
一只老鼠，推遍所有的门
却无法进入任何一间房子
一只鸟扑扇了两下翅膀
还是飞走了
慵懒的阳光蓦然起身

我的父亲，躺在泥土里
睡了又睡
不知道我已经来到

风催得那么急

母亲要离开一段时间
去城里，她佝偻着身子
走过分岔的乡间小路
来到果园
向我的父亲道别
落日在她身后
静静地看着
风又催得那么急
之前准备的话
她终究没有说出口
只是掏出一些食物
撒向坟头
边撒边说："春分不回来
清明也不回来了。"

草毯子

风在他的坟园前
铺了一张碧绿的毯子
招呼我们坐下
斑驳的苹果树影
像一块满是窟窿的旧桌布
晾晒在绿毯上
一只虫子贪婪地
在我们身上爬个不停
我们看见一张熟悉的脸
在树林深处时隐时现
我甚至听见了
他急促的喘息声

失去父亲的人

即使我沉默不语

安静地坐着

他也没有回来的希望

但我还是不喜欢

他们边笑

边谈论自己的父亲

还那么大声

他 们

他们在很久以前就去世了
从不踏进我的梦境
自从父亲去了那边
他常约他们，来我的梦中见面
——我的梦
如同槐树下的那块空地
他们坐在那里说笑
以为自己还活在世上
他们把铁锨像剑一样佩在腰间
有时，风吹翻他们的帽子
有时，他们笑着笑着
无缘无故地哭起来
我近在咫尺，却无法做点什么
让他们开心
他们好像不认识我，包括父亲
他们中的某一个
因为胳膊抬得太高，弄疼了我

多出一个黎明

世上有那么多黎明
送他一个吧，让我看着
他从酣睡中醒来
重新温习一遍人间的生活

我们不习惯互问早安
但我们会一边喝茶
一边望着天空渐渐发亮
太阳款步升起
树梢上挂起炫目的幻想

鸟儿开始鸣叫，人们下地劳作
那时，我将扶他走出家门
和人们一一道别，说他因为
走得匆忙没来得及说的话

一句安慰的话

我说，父亲好久没露面了
在我的梦里。姐姐说她倦于祈盼
两个哥哥说了同样的话

我们都不知道父亲干什么去了
以前不是这样的
他总是赤脚，光顾我们的梦
在阴风四起的夜半时分

母亲说，可能冬天太冷
他不愿意出门
就让他安心睡觉去吧

我们觉得母亲说得有道理
尽管只是一句安慰的话

你也曾经年轻过

当我还小的时候
你的年纪还不够大
石板软得可以折叠
冰把光封存起来供我们舔
星星多得溢出水泉
淌向葫芦河

当我还小的时候
你的年纪还不够大
我们都怕黑
怕走夜路
但我们都有一匹自己的马
拴在门前的柱子上

当我还小的时候
你的年纪还不够大
时间对我们没多大用处
天空那么安静
飘过大片大片的云朵

奇妙的声音落下来

自由如风一般无理取闹

当我还小的时候

你的年纪还不够大

我们过分地相信幻想

直到有一天

石头选择了集体变硬

你躲在露水里看云

而我要用眼泪为晨露续命

在父亲身边

他从父亲的左边
跳到右边
又从右边跳到左边
还不时爬上后背
发出咯咯咯的笑声
这没什么好炫耀的
我有父亲的时候
也经常这样
他只是让我想起了
那些久违的事
——如果父亲在身边
我也会像他那样
为所欲为

蛐蛐的叫声

在我的梦里，他问我

有没有梦到过他

我说，此刻你就在我的梦里

我问他有没有梦到过我

他一时语塞，两团雾一样的

蓝色物质，从他的眼里流出来

他说他没有梦到过我

但他梦到过蛐蛐的叫声

他伸出手，希望我能归还

四十年前

他用秫秫秸秆扎的虫笼

草的恩情

这块地是无辜的
它接纳了父亲，和他的病痛
看着它疼我也疼

庄稼大概怕疼，不敢靠近
只有杂草爬上它的身体
试图，将它的疼掩藏起来
可这有什么用

它疼我也疼，走到它身旁
我两腿发软，跪倒在地
握住一根羸弱的草茎

月 光

门早已关上了

你最好从窗户进来

小心阳台上的龙骨树

它身上长满利刺

如果你困了

可以坐在小板凳上歇息

那是我父亲生前做的

我知道你去不了厨房

我把父亲的茶具

已经搬到了阳台

渴了就熬一罐茶

茶叶是我父亲生前喝剩的

茶几上有我为你准备的酒水

可别贪杯

若是喝多了不要大声说话

孩子们已进入梦乡

草丛里的父亲

月光不是直接落到地上
而是在屋檐上打了个趔趄
才掉下来的

当时，我坐在屋檐下纳凉
月光砸中了我的头
接着掉到地上
后来，它拽着我的身体
站起来，走出大门

在它的指引下
我看见草丛里的父亲
被世上最好的一片月光笼罩着

那一晚的月光，好像困乏极了
趴在草丛里一动不动

野 花

山坡上开满了野花

我蹲坐在那儿

看见一个严厉的父亲

在数落他的儿子

那个父亲骂一句

儿子就掐一朵花儿

这让我想起了我的父亲

每想一下就掐一朵

如果我一直这么想下去

山坡上的花儿都不够我掐

大概为了安慰我

我看见山下的花儿

在风的帮助下

正朝着我的方向涌来

以为你还活着

草色比以前更深了
几个老汉，坐在桃树下
不知怎么，说起了我的父亲
以为他还活在人世

他们让我捎一句问候的话
也是一句祝福健康长寿的话
一句话很轻，也很重
一句话，让我感到困倦

当我告诉他们
父亲去世的消息时
他们中的几个，抬头望向天空
看他在哪一朵云上安身

阳光的重量

母亲以拾菜为名

又一次

走进埋着父亲的果园

但那里并没有她要的野菜

她在果园里徘徊

脚步蹒跚

仿佛那一鍪笼阳光

也有了重量

端　午

给自己绑双份的花线

吃双份的甜醅

走上街头

不想去人多的地方

不去卖艾草的姑娘那里

只想和老年人搭话

每逢节日

他们总想说很多话

虽然他们一点也不关心

我为什么绑双份的花线

林间小道

夏天，阳光充足，雨水丰沛
苹果树开始无节制地疯长
长着长着，乱了秩序

每隔一段时间，二哥用刀锯
从密密层层的枝条间
剪出一条弯弯曲曲的路
好让父亲自由出入

路边的铁丝网上，还搭着
一件他的衣裳，要被风吹破了
他却迟迟没有走出来

云哭了

云哭了，眼泪从天上落下来
地哭了，眼泪挂上草尖
苹果树哭时，叶子纷纷飘落

秋日的天空，不想哭也得哭
冰封的大地，想哭就得忍着

可是我们忍不住。我们的父亲
冬天去世后，埋进了果园
想起他，蚯蚓一样在黑暗无边的
土里，哭不出眼泪
我们都会难过得直流泪

雨　夜

那晚雷声大作，豪雨淋漓
我讨厌这样的鬼天气
担心暴雨冲毁父亲的家园
令他无处栖身

好在，父亲还是那么睿智
来我的梦中躲过一夜
第二天，他踏着黎明的曙光
又回去了

此后，每遇这样的坏天气
我就早早入睡，等着他来

奇　迹

醒来时，我发现母亲的手
搭在我身上，我猜
她在等从我的梦魇中
伸出的父亲的手
但是，我并没有梦到父亲
我是这么说的
她说，黑暗中有一条路
父亲通常就是通过那条路来的
说着，她闭上了眼睛
但我已无法返回之前的梦
望着黑夜，等待奇迹

数　数

尽管父亲离开了我们

但我们家的人比以前还要多

母亲闲下来总要数一数

她发现十个指头不够用时

就开始数指节

一不小心又把父亲数进去了

以至于每次数数时

我们看见父亲微笑着

从母亲的指节缝钻了出来

好像父亲早就藏在那里

专等这个时候出来捣乱

松　树

白天，它是一棵松树
站在土墙根，但在夜晚
它是我死去的父亲

蹲在那儿。在寂静的夜晚
我说："回家吧！"
他扯过一块夜色，裹住头
对此，他很得意
仿佛这样我就认不出他了

第二天，我看见它站在晨曦里
还是一棵完整的松树
阳光低头，亲吻着
松针上闪闪发亮的水珠

鸟儿穿过他的身体

我看见父亲出了果园

朝村庄走来

他碰见我拉车负重的姑姑

帮了一把，但她没有理他

他碰到一起长大的狗金

凑过去，想讨口烟抽

他没有理他。他在离我家

不远的地方遇到他的重孙女

伸手摸了摸她的头

她没有理他

他又去扶我的母亲

她摇晃着站起来，她也没有理他

父亲好像很失望

一只鸟儿鸣叫着穿过他的身体

又飞回来落在他的肩上

他伸手试了试鼻息

扭头向果园走去

我还看见了他的尖下巴

我喊他，他头也没回一下

我指给身边的人看，但他们都说

——那里什么也没有

瓜　房

瓜房周围的草丛中

仍有虫子清晰的鸣叫

我坐在瓜房旁

点起一根烟

风过来抽一口，走了

野鸡"杠杠" 地叫个不停

想把卡在喉咙里的痰吐出来

父亲在时，它们来偷

不在时也来偷

远远的天边，落日孤悬

像一只哭泣过的眼睛

盯着我，盯着瓜房

也盯着野鸡

枯井上的小屋

那些年，父亲在学校讨生活
他在枯井上的小屋里
煮饭、睡觉、抽烟、发呆
看大门是他唯一的活计

他只对着枯井说话
枯井把他的话加粗后又还回来
所以，那些话是他说给自己的
每次深夜醒来
他怕吓到它，总是不开灯
那时，他有月光或星空可供仰望

风，经常和他有意识地开玩笑
摇一摇学校的大门
或在校园里弄出一些响动
试探他是不是，真的睡着了

阳光里

光不是从天而降
而是从地下钻出来的
因此，我相信
他们也是在这时候醒来
因此，我还相信
照到我们身上的阳光
已经照过了他们的身体
阳光也一再告诫我
不要总站在阳光里
——会疼

告父亲书

大概，你已误入人间
带有熟悉气味的风
在空气中流窜
我在人群中，羽衣褪色
大概，你已经认不出我了
父亲啊
——那个跌跌撞撞的影子
是我的，因为走得太快
丢在了后面
遇上了，就吹它一下

谈　话

我们在草地上谈话

不知怎么就问了父亲一句

但他没有应声，我们

再一次意识到

父亲已经不在了

我们左顾右盼，四下寻找

心想，他根本不可能

安静地躺在墓穴里

为了让我们看见

他化身草叶上的银霜

在阳光的照耀下

正努力变得晶莹、闪烁

他根本不知道伪装

迷魂阵

鸡叫了一遍

鸡又叫了一遍

天还没有亮

天有时不听鸡的话

但我喜欢听——

那些雾气腾腾的早上

父亲赶着牲口出门

村庄的声音多么辽阔

鸡叫了一遍

鸡又叫了一遍

鸡叫得人心怦怦直跳

一声声叮咛像在提醒父亲

天亮之前

需逃出夜色布下的迷魂阵

回往另一个世界

一棵草向我点头

地上有柴火
燃烧后的灰烬

他一定受不了
地下的阴冷
跑出来
借人间的一束光
把自己点燃

一定也有怕冷的草
看见了火光
向这边涌来

有一棵草向我连连点头
一定是他嘱咐过的

像月光藏起了色彩

没有动静，也不发光
貌似空无一物的月光里
其实，站着一个人

我知道，他披着隐身衣
像月光藏起了色彩，一片
比一片白，一片比一片干净

我认识这样的惨白
它曾出现在父亲的脸上

屋檐下

父亲，你走后
有鸟儿，借用我们的屋檐
做了温暖的巢
并将一辈子在这里栖息

这，多么好
我们睡了，鸟儿也睡了
不知道月光是亮给谁的

阳光照在风的脸上

风时常光顾院子，找不到人
就去吹别的事物
它们对门帘似乎更感兴趣
以前，我也是这样
撩起布帘，推开房门
走过明亮的厅堂，内门敞开
看见父亲和母亲坐在炕上
头白得像面碗，其他人下地去了
而今，他们天各一方
我看见房子开始向院心倾斜
一阵风，喊来更多的风
像一群乱糟糟的人，挤在门口
我什么忙也帮不了
只能眼睁睁看着
——它们停下了
初春的阳光正照在风的脸上

旱芦苇

不知道什么时候
那些白头的旱芦苇，又来了
站在父亲坟园的地边上
被风吹得摇摇晃晃

我想，他们可能是村里
去世多年的老人
相约着，来看望我的父亲

这样想的时候，我听见
其中的一个，清了清嗓子
喊了几声父亲的小名
——风生、风生

善良的小偷

我不知道自己在忙些什么
居然，没有亲手给父亲
准备过冬的棉衣和金元宝

寒衣节，我打算偷来妻子给岳父
铰的纸棉衣、叠的金元宝
趁着夜色，在街边画个圈儿
放进去烧了。好像自己真的干了
一件不光彩的事

夜里，父亲来到我的梦中
说今年的棉衣不合身
上衣有点宽，裤子有点短
我差点说，金元宝也是偷的

从梦中惊醒，脸颊发烫
好像我把这件事真的做了
感觉挺对不起岳父

如果一片雪活得足够久

一片雪，如果活得太久
它将遇见春风，翻开它的眼睛
如果活得再久一点
还将看到花明柳媚，夏长秋收
一旦看见这些，心中便多了念想
多了无尽烦恼和无言苦痛
觉得日子不好过，却又舍不得离开
当然，它还将看见自己的眼泪

发芽了吗

第二年春天

我以为我们会重逢

因为前一年

我们亲手把你埋进土里

之后每年春天

我去察看

你有没有长出来

这是第三个春天

地下一片喧哗

有本事的人都想变成一棵草

从土层的黑暗里钻出来

我已等不及了

不得不搬走你头顶的土块

以防伤害你稚嫩的芽

归 仓

庄稼的长势
令我们心情激越
我们把粮仓打扫干净
迎来了一个好收成

我们的父亲
带着朴素的麦香归仓
饱满的麦粒
发出响亮的簌簌声

我们都知道
麦壳里住着爱我们的父亲
想他的时候
我们就像母亲一样
抓起一把麦子闻来闻去

风的脚印

两年多没有见父亲了
我不知道，离开得太久
会不会活不下去
我把"我会活得很好"
这句话说给了风
风一下子重得低下了头
在雪地上
留下清晰的脚印

最后的告别

我们摆上父亲的遗像

送上美好的祝福

他的额头，有一条路

通往天堂，我们看见了

一只叫鹤的大鸟提着灯笼

等着给他引路

大概他也看见了

院旁的槐树，右枝搭左枝

拱起手，做告别状

不知道他看见了没有

我怀疑，悬在天边不走的云

是前来接父亲的老朋友

他一定看见了，但不着急

屋子里挤满了客人

纸糊的枣红马

正啃食屋墙上的苔藓

低头，等着父亲

天　籁

那时，我卸下了翅膀
安静地坐在你身边
天空那么蓝
我们看着，别的鸟儿飞

那时，花草长上你的脸颊
露水不再是你的眼泪
而是那些草的
阳光从头顶照下来
我像个婴孩，又矮又小

那时，你会幸福得惊叫起来
我咿咿呀呀的学语声
如无数细密清脆的鸟鸣
萦绕在你耳畔

后记:我在等待梦的降临

1

闭上眼,他就来了。睁开眼,他又走了,眼角溢出眼泪。反反复复,像魔住的梦。

他是我可以在任何人面前夸耀的父亲——陈德荣,村子里的人都叫他风生。父亲去世时年届八十,尽管算是高寿了,但我接到二哥的电话,得到父亲去世的消息时,整个人呆若木鸡,直愣愣地杵着,以为是梦——一个我不愿面对的梦。

这一切,似乎早有征兆。之前连续几个陪护父亲的晚上,在那无尽的黑暗里,我听到老鸹低沉的哀号,一波冷飕飕的风钻进了被窝。不管父亲还能活多久,我都不愿听到它的嘶叫。为了不让父亲听到,我大声地对他说话,却还是被他听到了。他说,老鸹在叫。

那天,小城的天空雾蒙蒙的,我起得很早,带着女儿去妇幼保健院配近视眼镜,打算配好了带她和她的哥哥一起去乡下看爷爷。我强烈地感觉到父亲剩下的日子不会太多——他连控制假牙的力气都没有,假牙在他空洞的口腔里发出哐当哐当的响声；抬一下眼皮都很费力，上下眼皮黏在一起太久，出现了严重的炎症——想在他生命的最后，和孩子们见上一面。可父亲没有等到我们，他永远地闭上了眼睛。

我从县城赶回家中，父亲身穿老衣——这大概是他穿过的最新的衣服，脸上苫着一张黄表纸，用麻绳束着，躺在了堂屋冰冷的地板上。趁人们不注意，我将手从父亲宽大的袖筒伸进去，摸到腋窝处，还是温热的。接着，我拉住了父亲的右手——儿时，耍社火、看戏、赶集，大概怕我丢了，父亲总是用这只手拉着我，或许他认为右手比左手更加有力、更加可靠——手已经冰凉。我在心里默默地说："我们父子一场，情深义重，这是最后一次握你的手了！"

2

父亲和大多数老年人一样，不会盘起腿坐下来享福。要是闲着无事可干，他会觉得哪里不对劲。

他把干活当成了对抗病痛的良方，遇到感冒或者别的什么病，吃上两三顿药就停下了。对他而言，如果再吃下去，药物反应比病本身还要严重。这时，他扛起农具到地里找活儿干，非干个汗流浃背不可。晚年，他患上了肾衰心衰、高血压，疾病困扰着他，但他还是希望通过体力劳动让病情有所好转。听我的母亲说，父亲一个人在地里干活，时常忘记了时间，过了饭点才回来。再后来，他连走路都变得吃力起来，遇到陡坡路就盘绕着走，很短的一截路得走很长时间。

面对病痛和死亡，他变得宿命起来，淡然置之。他深知，生老病死的进程不可逆，任谁都无法摆脱那个很确定的结局，那就是永远无法战胜死神。自始至终，他也没有以泪洗面，说一句灰心丧气的话。他说，人总是要死的。他催促我们几个儿女去忙各自的事，并没打算得到什么临终关怀。当然，他没有放弃重新好起来的幻想，他不让母亲扔掉他用竹竿做的挂棍，也不让母亲把他亲手制作的旱烟送给别人，等他病好了还要抽。

在生命的最后几个月，父亲所能做的就是在炕上翻来覆去，通过大声或小声地呻吟来缓解身体的胀痛。外面有阳光，他晒不到；外面有风，吹不到他身上；苹果树上挂满了苹果，他看不到。他躺在炕上，透过东边的窗口，看着苔藓向埝子的高处慢慢爬去。鸟儿飞来啄食埝子上的野枸杞，还有几棵槐树巨大的树冠变换着四季，年龄比我都大。

3

你越来越像你的父亲了。这是我的母亲对我说的。

父亲是我生命中不可替代的榜样式的存在，他和我的母亲都是我生命里的光。我从内心想做一个像他那样的人。

父亲有个好脾气，人们都这么说。从小到大，我很少听到他和别人闹矛盾或发生争执。我把父亲的待人温和和好脾气归结到他小时候放羊的经历上。他的整个少年时代，正是跟在羊屁股后边度过的。我想，如果当年他放的不是羊，而是别的什么家畜，他的脾气也许会是另一种样子。

他一生信奉"顺情说好话，走过人不骂" 的生存哲理，所以他很少得罪人。他之所以有这样的生存哲理，与他做木匠的经历不无关系。他走村串户，与各种各样的主家打交道，在当年那个闭塞落后的小村庄，他算是出过远门，见过世面的人，为此，也造就了他性格中豁达、开朗、随和的部分。他常常用这句话教导我，但我终究不得要领，不会说顺情入耳的好话而招人生厌。

他没有上过学，只在扫盲班里待过几天，大字不识几个，更不要说懂乐理知识，可他对拉胡琴的痴迷到了近乎疯狂的程度，板胡二胡样样精通。在乡间，他是一个可以用音乐来表达情感和思想的人，也因此被人们高看一眼——大概受他的影响，我们家族的后生们，都特别喜欢摆弄乐器。

不干木活后，他在阳坡中学找到了一份看大门的差事，不但和老师来往密切，深得他们信赖，还能和学生打成一片。其间，他居然公私不分，除义务修理坏了的桌椅板凳外，还把我家的水泥拉到学校，修补学校的水泥院子。这些都为他挣下了好名声，多年之后，仍不时有熟悉他的人对他的赞赏传到我的耳朵里。几个已经退休了的老校长碰到我，不忘捎茶叶给他。

4

我的父亲把一生中百分之八十的力气和时间用在了修房子、打家具、给学校看大门上，我们父子待在一起的时间并不长。

他干木活时，常年奔波在外，一年当中只在春播秋收最忙的季节，才回家帮母亲料理几天农事。多数时候，他回来我睡着了，走时我还在梦中，我大概已经忘记了父亲年轻时候的样子。但他把身上潮湿的锯末味留在了屋子里，也留在了我的记忆中。

父亲在中学看大门时看上去已经很老了，我已参加工作。那时，我还不懂"子欲孝而亲不待"的道理，很少回家。好在我们父子关系并不疏远，每次回到老家，我都会和两个老人睡在一起。他是一个可以坐下来和我闲聊的父亲，有时候我们会聊到第二天黎明，似乎要把以前的缺失补回来。半夜，母亲从梦中惊醒，催促着说，睡吧睡吧，你两个三天三夜也说不完。

和父亲朝夕相处的日子只有五年，那时，他和母亲来县城帮我带孩子，我们有过许多次印象深刻的对话。他不会直接说我做得对或者错，仍旧会绕很大的圈子给我讲做人做事的道理。有些我听进去了，有些没有，但总体，我在他那里得到了很多宽慰，为我的各种失败找到了合乎情理的借口。他的好多话将让我终身受益，时常还在耳际萦回。

尽管我做了情感上的恶补，但在我们几个孩子中，我还是非常羡慕二哥能和两个老人一起生活那么多年。二哥除了去兰州打工的半年，其余时间都和老人在一起。有次我和二哥喝多了酒说起孝道上的事，我敬了他，他做的我和大哥永远做不到。大哥高中毕业后在省城一家安装公司上班，只在春节回家一趟，几天时间又走了。好在他离职回乡种地后，有了和老人相处的机会。其实，我也羡慕我的姐姐，她嫁得近，和我们一个庄子，而且称得上是邻居，中间只隔着两户人家，得空她会去老人那里，说说话、洗洗衣物。

父亲被埋进了大哥家旁边的果园，我又羡慕起大哥来，一出门就能看见父亲的坟园。我在诗中也写到过，父亲只要一伸手，就能端上大哥家热气腾腾的面条。

5

父亲刚刚离开我们的时候，我陷入无尽的悲痛当中，那段时间，我关紧窗户，不让风吹走房子里本来的味道。也就是在那时，我决定要写一本悼念父亲的诗集。尽管每写一首与父亲有关的诗，都令我痛苦难挨，但我还是坚持写了下来。

写这些诗的时候，我就在心里想，父亲走路响动大，脚步声带着重重的尾音，但走得快，他会越走越远。我尽量多写分行的文字，它们不可能像一堵墙，拦住他，但至少会蜿蜒如长长陡陡的台阶，拖住他离去的脚步。

或许因为才华的缘故，有些诗作无法与阅读者达成共情，但请相信，我的表达足够真诚，并非矫情。我知道我们每个人有一个与众不同的父亲，但愿这一刻，我们感同身受。

我不想说时间是一剂良药，但不得不承认，在我们因为悲伤而流泪的时候，时间陪着我们哭泣；可远方的时间在路上嘲笑我们的悲伤。果然，我后来不怎么难过了，居然无耻地平静下来，死亡成了我们嘴边很平常的词儿。

以后我也许不再写到父亲——每写一首诗怀念一次

父亲，父亲就像雪人一样融化一点。现在，他只剩下了一个并不高大的背影——我担心再写下去，他会一点一点消失在视线尽头。

一本书的厚度，不足以表达我们对父亲的绵长思念。我只是想通过这些分行的文字，把躺下去的父亲扶起来，让他被黎明时分的阳光照到，被山野里的风吹着；让他笑，让他哭，就好像他不曾离开我们。

6

梦真是一个奇妙的存在，它成了我和父亲相见的唯一所在。

人都说男人的梦记不住，的确是这样，好多梦醒来就忘。不过，与父亲有关的梦，我都记下了：梦见他在梦中又死了一遍，醒来时枕巾洇湿了一大片；梦见他说他有炉子没有烟筒，我亲手为他用纸糊了几节，周年祭的时候在坟头烧了；前不久，又梦见和父亲视频，他在一个什么地方看大门，住的屋子像是一座坟墓，有着拱形的屋顶，屋顶上有一行字，他指着"穷"字说"到处有穷人"，我想父亲可能缺钱花，就去他的坟园烧了一摞纸钱。

我想，我还会再次梦到父亲，我希望做这样一个梦：这些文字变成小草小花，簇拥着他摇曳。这些诗行一如岭子梁的土台阶，他拾级而上，微笑着向我走来。我们站在高处，俯视晚霞下他曾经生活过的如梦如幻般的村庄，还有椿树边上我们的家。

因为父亲在天上，我开始关心一朵云、一滴雨、一片雪花的喜怒哀乐；因为父亲有时来梦里，我总想让夜晚加倍地长……

7

父亲离开我们已经两年多了，但我有时感觉他还在我们身边，看着我们生活。遇到难过的事，还有一种想打个电话说说话的冲动。我的孩子也无时无刻不在想念着他们的爷爷，儿子时常回忆起爷爷戴着草帽、在下午的阳光下吹着哨子训练他跑步的情景。在我因想念父亲而忍不住流泪的时候，他会静静地握着我的手，陪在身边；女儿配的眼镜坏了舍不得扔，她说那是爷爷去世当天配的。爷爷的照片也被她偷偷夹在了日记本里。每次回乡下，她总背过我们去坟园给爷爷磕个头……

不过，相比于父亲刚走那会儿，情况好多了。我们开始接受父亲离去的现实，从悲伤的梦中走出来，在阳光下努力生活。这大概也是父亲愿意看到的。

这本诗集为怀念我的父亲而写，是我近三年来部分新诗的结集，分为四辑，以一粒叫父亲的种子埋入大地，到意象中的归仓组接成整部诗集的基础骨架，写到了现实的别离与梦里的相遇、往事的回忆与瞬间的怅然，看似松散无序的组合间暗含着凄冷与温暖、四季轮回与情绪起伏的相互观照。书中也写到了我的母亲，但并不多，她的故事以及她和父亲的过往，会在另一本书里有所表达，我也不确定何时讲给大家。我常想，他们像尘埃一样飘浮在大地上，我不写谁会写呢？

好吧，这本诗集就在这里了，我希望它是一本这样的书：捧起它，就能听见父亲敲门的声音；打开这本书，就像推开一扇门，看见父亲在田野里、在屋顶上、在云雾间、在一缕缕的风中；合上它贴在胸口，就能感受到父亲微弱的心跳；寒意袭人的夜晚，枕着它入睡，就能听见父亲的鼾声。那时，我在等待梦的再次降临，等着他剥开尘世的包浆，从密密麻麻的人群中捡起三岁前的我，抱进怀里。

在诗集的整理出版期间，得到了许多跟我交往多年的老师和朋友随时而坚定的支持和鼓励，尤其牛庆国先生付出大量心力，为我的诗集作序；王发昌先生百忙之中，为诗集作画插图。殷殷之情，未敢少忘，在此，致以深挚的谢意！

2024 年 3 月 15 日

图书在版编目（CIP）数据

风的脚印 / 陈宝全著. -- 武汉 ： 长江文艺出版社,
2024. 11. -- ISBN 978-7-5702-3799-9

Ⅰ. I227

中国国家版本馆 CIP 数据核字第 2024FL4495 号

风的脚印

FENG DE JIAO YIN

责任编辑：胡　璇　　　　　　　　　责任校对：程华清
封面设计：源画设计　　　　　　　　责任印制：邱　莉　王光兴

出版： 长江出版传媒 ｜ 长江文艺出版社
地址：武汉市雄楚大街 268 号　　　　邮编：430070
发行：长江文艺出版社
http://www.cjlap.com
印刷：武汉中科兴业印务有限公司

开本：880 毫米×1230 毫米　　1/32　　印张：7
版次：2024 年 11 月第 1 版　　　　2024 年 11 月第 1 次印刷
行数：4513 行

定价：50.00 元
